소금의 밑바닥

2019년 4월에 돌아가신 아버님 영전에
이 시집을 바칩니다.

이 도서의 국립중앙도서관 출판예정도서목록(CIP)은 서지정보유통지원시스템 홈페이지(http://seoji.nl.go.kr)와 국가자료종합목록 구축시스템(http://kolis-net.nl.go.kr)에서 이용하실 수 있습니다.

(CIP제어번호 : CIP2020019131)

J.H CLASSIC 052

소금의 밑바닥

이선희 시집

지혜

시인의 말

허공만 들이받다
자진해서 부러지던 뿔

언제부턴가 속으로 각을 만들어
자꾸 무너지려는 나를 지탱시키네

시는 나의 뿔 세상에 각을 세우네

2020년 4월
이선희

차례

1부

2부

3부

4부

- 일러두기
  한 연이 첫 번째 행에서 시작될 때는 > 로 표시합니다.

1부

우렁이

논바닥 진흙을 뒤집어쓰고 사는 우렁이
잡아다 놓은 그릇에서 자꾸 밖으로 나가려 한다
진흙 천지인 논바닥이 그리운 거겠지

논바닥이 터전인 아버지가
먼 출타를 달가워하지 않는 이유처럼
구불구불 삶의 고단함이 들어앉은
원뿔형 몸뚱이

세상에서 차츰 줄어드는 입지
속살 자식들에게 다 빼주고
껍데기만 둥둥 떠다닌다
집안 구석구석 단속하는
가벼워진 아버지의 노구

올챙이 작은 움직임에도
기우뚱 흔들리는 물 위의 우렁이
등에 희끗희끗 얼룩진 진흙 흔적

소금의 밑바닥

소금을 녹이니
바다에 가라앉은 뻘이 보인다
순백색 소금의 몸에 뻘이 들어있었다니
짜디짠 정신으로
까칠하게 각을 세우고
세상의 간을 맞추던
그 정신의 기둥이 뻘이었을까

뻘을 품고
더 단단한 결정이 되어갔을 소금은
한번도 뻘을 인식하지 못하고 평생을 살았을지 모른다
어쩌면 뻘과의 관계를 조금은 부끄러워했을지도 모른다

밑바닥에 가라앉은 뻘처럼
어느 날 치매 병동에서 본 얌전하고 곱던 할머니
세상의 온갖 욕을 종일 읊조리고 있었는데

내가 녹아버렸을 때
나를 지탱하던 그 무엇의 모습이
문득 궁금하고 두려워지는 것이다

등뼈 서랍

전신 통증을 호소하던 어머니 CT에는
열두 칸 등뼈가 쪼로록 어긋나 있다
부서진 서랍처럼 비뚤어졌다
어머니의 한 생이 담긴 듯한 서랍 열두 칸

사람 구실 못하지 싶은 비실비실한 큰딸도
저 서랍 곳곳에
꽁꽁 압착되어 있다가
어느 틈엔가 풀어진 것이다

벽에도 열두 칸 서랍이 걸려 있다
눈에 잘 띄는 곳에 걸어 놓고
수시로 사소한 것까지 집어넣는다
어설프게 걸려 있는 달력, CT 사진 속 등뼈 같다

불안과 억지가 아슬아슬 맞물려
뒤죽박죽 협착되었을 등뼈 서랍
어쩌다 한 칸이라도 삐딱하면
우수수 틀어질 것 같은 저 정렬

꽃의 구조

정수리에 한 짐 꽃을 이고
이파리를 흔들며 균형 잡는 꽃나무
꽃이요 꽃

국밥을 머리에 이고
시장통에서 손을 휘저으며 균형을 잡는 아주머니
짐이요 짐

정수리에서 꽃잎처럼 피어나던 자식들
어딘가로 풀풀 날아갈 때
발밑에 붉은 마음 점점이 떨어졌겠지

멀어져가는 자식을 위해 수없이 조아리는 정수리
국밥 올라있던 자리
납작하게 허물어지고 있다

꽃잎 다 떨어진 꽃받침처럼
문득 내 정수리가 허물어지는
핑계를 그렇게 대 보고 싶은 것이다

알맹이의 흔적

삼겹살 한 근을 사고 덤으로 얻어온 껍데기
뽀얗게 다듬어져 탱탱한 것이 돌돌 말려 있다
살도 기름도 다 떨쳐낸 온전한 껍데기 간결하다

안전하게 알맹이를 품었던 질긴 흔적 하나
건장한 껍데기를 증명하며
돌돌 말려 덤의 나락으로 떨어지더라도
먹힐 수 있을 때까지 최선을 다하겠다는
육십 넘은 남자의 이력 같다

눈 코 입이 없는 게 특징이다
시골집에는 덤의 시기도 지난 껍데기들이 돌돌 말려 있다
어디 덤으로 팔려갈 준비를 하는건가
누가 말지 않아도 저절로 말리는 껍데기의 껍데기
멀건히 살아있는 기능 거추장스럽다

나무의 각도기

너무 비좁거나 삐뚤어진 각도 탓이겠다
조금만 틀거나 넓혀도 그를 잡을 수 있겠는데
관계의 아름다움이란 늘 서늘한 각도의 유지라고
오랫동안 믿었기 때문인지
잘 틀어지지도 넓어지지도 않는다

각도 밖으로 그가 멀어진다
그의 팔자 발걸음과 사방팔방 휘젓는 팔이
무거운 공기를 밀어내고
제가끔 불어오는 바람에 필요한 각도를 펼친다
그 틈새에서 바쁘게 각을 재는 사람들

그가 빠져나간 나의 각도가 허공을 향한다
아직 내 범주 안에 있는 것은 저 나무뿐
아니, 나무가 자신의 테두리에서 번번이 멀어지는
나를 악착같이 끌어안고 있다

사방으로 관계 유지를 위해 나무는
가지를 휘어 보기도 하고
곁가지를 만들어 내기도 하며
이렇게 저렇게 몸을 틀어가며 각을 맞출 때
저 스스로 중심에서 깊이깊이 박히는 뿌리

단추

경계선을 지키는 보초병의 긴장에 승패가 갈린다
단단히 동여맨 허리의 전쟁터
바늘로 고정된 단추는 듬직한 앞잡이

이리저리 기울던 안간힘 투두둑 맥을 놓았다
힘없이 풀려 내리는 허리춤
그가 떨어진 폐허의 자리에서
꼭꼭 내지르던 소리도 스르륵 흘러내렸다

단추 떨어지며 꼬불꼬불 틀어진 실밥
풀기 빠진 밥알 같기도 하고
전쟁터에 남겨진 패잔병 같기도 하다

헐레벌떡 단추 달다 보니
세상에 내가 단추로 매달려 있는 것이다
대롱대롱 떨어질 때까지
전진과 후퇴를 번복하고 있는 것이다

멸치의 자서전

아무리 먹어도 품은 늘지 않았다
마음을 수십 번 먹고
다시 고쳐 먹어도 자꾸 좁아졌다

눈물같이 쏟아진 비늘
같은 족속끼리 그물에 갇혀
파닥파닥 몸으로 울었다

화려한 차림새가 가장 큰 허물이 듯
까슬까슬 하얗게 몸을 떨구자
상중하로 품종이 갈렸다

위신까지 챙기는 건 사치인가 싶어
죽은 듯 엎어져 있다가
깜박 졸은 것 같기도 하다가

살짝 느낀 통증에 눈을 떠보니
아차, 누가 내 머리를 따고
오장육부를 발라내고 있다

>

　태어난 경로나

　애쓴 경력은 쓸모 없어졌다

　무게의 산정算定 끝난 지금

깡통의 허리

많이 흔들릴수록 거품은 폭발한다
500cc 맥주캔을 따자
푸하하 박장대소로 터져나온다
입에서 넘쳐나는 거품들
부딪치지 않고는 견딜 수 없어
늘 출렁출렁 풍랑이 일었다

흔들린 강도만큼 새어 나오는 거품
속수무책 빠져들던 미완의 날들
김빠진 거품이 사라진 후
여기저기 찌그러진 채 나뒹굴던 깡통들
그의 하얀 웃음도 사그라들었다

누구는 김빠지는 시간을 연장하려고
물구나무도 서 보지만
거품 없는 생은 수모이므로
쉽게 찌그러지는 깡통의 숙명
적은 양의 내용물과
짧은 수명에
허리 꺾어 감사할 따름이다

쉰 살

그때 이 별에서 아주 떨어질 뻔했다

반듯하게 빛나던 철봉

졸업 때까지 삼초 이상 매달려 보지 못한

냉정하고 단단한 바리케이트

그후

세상은 곳곳이 높고 낮은 바리케이트였다

아직 이 별에 남아 있는 것은

오래 매달리기 방법 어느덧 터득된 것일까

턱을 질기디질긴 生의 線 위에 걸어 놓고

온몸을 바싹 오그리고

\>

부들부들 떨며 핏대를 세우고

세월의 철봉에 한 오십 초째 지금 매달려 있는 중이다

가시랭이

바늘귀에 실을 꿴다
가시랭이가 걸려 바늘귀를 통과하지 못하는 실
끝을 가위로 도려내고 침을 발라 다독여도
한 가닥 가시랭이가 일어나 또 걸리고
좁디좁은 바늘귀는 조금의 뻗침, 조그마한 엇남도 받아들이
지 않는다

세상의 가시랭이가 되어 재테크 강의실과 시창작 강의실을 기
웃거린다
이쪽 저쪽에서 걸리적거린다
자꾸 잘려 나온다

두 손을 모으고
머리부터 발끝까지 가지런히 해봐도 들어갈 문이 보이지 않
는다
빠져나갈 길이 보이지 않는다
출입구가 가까이 있는 것도 같은데

하루살이 유서

뜨거운 한철 날갯짓은 의무다
모깃불과 극약 향에 쫓기면서도
멀리 높이 닿고자 윙윙대다
누군가의 손바닥을 간신히 빠져 나왔다

간혹 모기로 오해받기도 했다
평생 다리 뻗어 쉬지 못하고
쉽게 손상되지 않는 날개로
성가신 존재일지언정
남의 피로 목숨을 연명하지 않았다

불 켜진 유리창 앞에 모여
좀 더 살아보겠다고
떼거리로 시위하던
거미줄에 걸린 늘비한 하루살이 시체들

아주 썩지도 못하고
무엇을 말하고 싶은지
비뚤비뚤한 하루를 산 흔적
한 자 두 자

떨어져 행이 되기도 하고
수북이 모여 연을 이루기도 하는
읽어주는 이 없는 유서
구석에 구겨져 있다

밥그릇의 밥알

밥을 앞에 놓고 보니 밥그릇이 지구의 반쪽 같다
거꾸러지고 일어서고 하는 아우성인 밥알들
지구 안에 담긴 항하의 모래수 같은 중생들

오래 담길수록, 밥알들은 그릇에 집착한다
그릇을 엎어도 떨어지지 않는 밥
그릇에 담겨 있어야 밥 취급받기 때문일지

지구가 돌아도 돌아도
떨어지지 않을 최강의 풀기 동원한다
둥근 밥알을 닮은 발바닥으로

바닥을 단단히 디디며 버팅기는 중생들
뻣뻣하게 굳어 나갈 때까지
끝끝내 밥그릇의 밥알이고자 한다

잠기지 않는 대문

가슴 x-ray를 찍다가 대문 하나 본다
누군가 들고 나는 소리의 문이
내 몸 가운데 턱 자리 잡고 있다
삐그덕 들어서던 사람이 있고
사납게 꽈당 나가버린 사람도 있다
수시로 바람에 덜컹거리느라
쉽게 부숴질 만도 한데
벌써 잠겨버렸을 만도 한데
아직도 누군가 들락거릴 때마다
이따금 바람 불 때마다
새것처럼 청아한 소리를 내기도 한다
삔질나게 닳고 닳아
누구인지 모를 만큼 시간도 지났건만
얼마나 설레이고 두근거릴 일 남았기에
x-ray에 찍힌 짱짱한
신이 만든 잠기지 않는 대문 하나
가만히 흑백의 고요에 달혀 있다

저임금 노동자

채소전에서 나온 것인지
생선전에서 나온 것인지
아무렇게나 쑤셔 넣었다가 꺼내어
쓱쓱 펴 주던 거스름돈
펴지지 않고 엉거주춤
탁자 위에 있다

웃는 것도 같고
투정 부리는 것도 같고
무엇인가 자꾸 말하고 싶은 것 같은
종일 누군가의 주머니 속을
아니 마음속을 들락거리다
구겨진 마음으로
구겨진 매무새로
하루의 노동을 끝내고 돌아온 노동자

바람의 패러독스

끝까지 가지 말았어야 했다

바람이 길을 막았던
분명한 이유가 있었을 텐데
돌아가기엔 너무 늦었다는 이유로
끝내 그 길을 고집한 탓이다

바람이 거칠게 뒤를 밀어주며
어서 가라고 등을 토닥였는데
갖은 세상의 유혹에 늑장을 부렸던 탓이다

내가 바람의 패러독스를 깨우친 시인이 된 것은

2부

수선집 여자

세상사 인연에 꼭 맞추기가 어디 쉬운 일인가
조금 부족하거나 헐렁거려도
맞춰 가며 사는 것도 재미 아니냐고 수선을 떤다
바지의 양쪽 기장을 확인하는 여자는

바늘이 콕콕 쑤시듯 억울한 감방살이의 기억을
바늘 달린 기계 하나 놓고
앞으로 돌리고 뒤로 돌리며 재봉질한다
너덜거리는 자신을 수선하는 것이 급선무
꿰맨 자리 다시 실밥 뜯으며
퉤퉤 뱉어내는 화가 발밑까지 흥건하다

어쩌다 이리 쉽게 찢어졌는지
구입한 지 얼마 되지 않은 자켓을 들고
싱싱한 머리칼의 여자가 들어선다
찢어진 건 속에 다른 천을 덧대 박음질해야 되는데
의외로 멋진 상처가 되기도 하고
새로운 추상 무늬가 탄생하기도 한다며
연신 수선집 여자 고개를 끄덕인다

\>

이제 어제와는 달라야겠다고
절뚝거리던 사내는 너무 겸손하게 살았다고
이 지루한 길이를 반 토막으로 잘라 달라고
바지를 탁탁 털며 들어선다
밑단을 잘라 원하는 곳에 이어 붙이면
너무 긴 인연들도 감쪽같이 손질할 수 있다고
원하는 기장을 말만 하라고 호언한다

한 평 남짓한 공간에서 두 손 모아 기도하는 여자
바늘에 손가락 찔려가며 경전 글자를 새기고 있다
한 권이 끝나면 차곡차곡 접어 쌓아 놓고
다시 두 손 모으는 여자
신도들의 소망을 재봉질하는 목탁 소리 들들들

훤한 골목

무심코 보행자 신호를 기다리고 있는데
누가 차를 들이대며 길을 묻는다
그 눈빛
마치 도道의 길이라도 묻는 것 같아서
내가 살아온 길을 가르쳐 줘야 할 것만 같아서

농협을 오른쪽에 끼고 돌아서
오십 미터쯤 직진하다
평강한의원 골목으로 들어서면
바로 그 간판이 보일 거라고
도인 같은 눈빛을 하며 재차재차 길을 일러주고
돌아서며 내가 정확하게 일러준 것인가
살짝 의심도 드는 것이다

그래도 이 동네 도인은 내가 아닌가
도에서 그리 멀지는 않게 일러줬겠지 하다가
도의 길이라는 게
사실 훤한 동네 골목 같은 것이겠다고
뇌까려 보는 어느 훤한 봄날

변형되는 중

굽은 허리에 체머리 떠는 노파
오랜 기간 많은 문제들에 집중하느라 변형된 체형이겠다

너무 어려워 흘려버린 문제들은 강펀치로 돌아와
노파의 뒤통수를 쳤을 것이고
난해해서 밀쳐두었던 지문들은 꿈틀꿈틀 질겨져서
그의 허리를 감아 내렸을 것이다

풀어야 할 문제들이 쌓여간다
정답은 쉽게 나타나지 않고
높아진 난이도에 관계는 이리저리 꼬여간다
이 문제들이 다 풀리면 남은 생이 좀 수월할 것도 같은데

당신이라는 문제를 다시 읽기 시작한다
길고 헷갈리는 지문
긴 지문을 읽다가 그만 당신을 놓치고 만다
왜 이 어려운 문제를 읽기 시작했을까
갸우뚱갸우뚱 고개를 저으며

수술실 앞에서

수술실 앞에서 서성거리다가
수술대에 누워 있는 그는
어떤 술수가 꼬여 여기까지 왔을까

날이 갈수록 사는 일은 힘에 부쳤고
늘 앞장선 술수의 입김에 따라
사방팔방 길이를 재어보고
숫자를 계산했을 것이다

어느 것이 최선일지 반복반복 따져보아도
그는 늘 너무 얕아서
동반했을 통증과 출혈

절단과 봉합을 반복하다가
바닥에 바닥을 헤집다
한순간 뒤죽박죽 엉켜버렸으리라

수술실에 들어가는 순간
앙다물었던 틀니 끝내 놓치고
아무리 침을 발라도 흐려지는 계산
가물가물 술수 뒤집어졌으리라

속 빈 여자

버스정류장 옆에서 낡은 차양 펄럭이는 여자
차양 속으로 뜨거운 도로 열기 들어가다 닫힌 문에 부딪혀 되
나온다
몇 번의 업자가 바뀌고 마지막으로 문을 닫고 가버린 그
이후로 아무도 문 여는 사람 없다
이마에 손을 받치며 들여다보던 사람도
흥정하려는 사람도 끊긴 지 오래

밤이면 가로등과 자동차 헤드라이트에 차양 속 열어 보이며
낮이면 가로수 그늘에 숨어
흔드는 전화번호 적힌 빨간 임대 딱지

새 간판 달아보리라는
텅 빈 속 가득 메꾸고 다시 살아보리라는
빈 상점의 펄럭이는 처마 차양
가로수 잎사귀 하나 떨어질 때마다 낡아간다
차양 아래로 빗물이 흐른다

분실한 신분

나는 얼마쯤은 익명으로 살아도 무방할 신분이므로
분실 신고를 한 생 미루기로 한다

자식도
아내도
에미도 아닌 신분으로

실컷 찌그러지라고
너덜너덜 마음껏 불온해지라고

과일 노점상의 하루

과일들이 수북 담긴 바구니를 진열하는 그의 태도는 노련하다
손님에게 키위 한 바구니를 비닐봉지에 쏟아주는데
자세히 보니 키위가 아니라 두더지다
두더지가 봉지 안에서 바글댄다
어느 쪽으로 땅굴을 팔까 봉지 속은 그의 지하방이다

바구니의 바나나 한 송이가 지렁지렁 팔린다
노점상으로 마련한 지상의 방 한 칸
지상에 올라온 지렁이 앞뒤 잴 게 뭐 있나
허리를 곧게 펴다 다시 바구니를 향해 구부리며
살다 보면 목적지에 도달도 하겠지

딸기 바구니 앞에서 점심 반주 한 잔에 붉어진 그는
바구니가 비워질 때마다 날개라도 달리는 것 같다
딸기 바구니 팔려나갈 때 그는 아예 뚜껑을 덮어준다
뚜껑 덮힌 딸기 바구니에서 새들이 푸드덕푸드덕 요란하다
누구도 싱싱한 꼭지의 날갯짓은 말릴 수 없다

노점상의 가판대에서 번쩍번쩍 주변을 응시하던 수박은
손님 손에 들리면서 벌써 으르렁대기 시작한다

그 푸른 포효는 세상을 평정하는 소리다

노점상은 호랑이 한 통을 그물망에 넣어주며 길게 기지개를
켠다

그는 오늘 보무도 당당히 호랑이굴로 귀가할 것이다

도배하는 여자

옷 벗을 때마다 등짝이며 엉덩이에 파스가 덕지덕지 붙어 있다
젊지도 늙지도 않은 여자가 파스를 떼 내고 대중탕 안으로 들어간다
그녀의 몸 색깔이 그을린 벽지처럼 누르스름하다

시골집 꽃무늬 벽지는
시들기도 전에 그을음에 몸을 내주곤 했다
너무 쉽게 세상의 암울에 그을던 벽지

얼룩얼룩 별스럽지 않게 균열도 생기며
표시 안 나게 무너지던 옛집의 벽처럼
더 이상 아무것도 붙일 필요가 없어질 때까지

여자는 끙끙거리며 더 밝은 세상을 도배하겠지
꽃무늬 벽지가 되어 한동안 주변을 환하게도 하고
스스로도 수없이 어딘가의 통증에 붙었다 떨어졌다도 하며

파스 떼어 낸 자리
누군가 낙서한 벽 같기도 하고
심심풀이로 잡아뜯긴 벽지 같기도 하다

옆구리

가지치기 당한 그녀는
정실은 말고 첩실로라도
충실한 그의 옆구리가 되고자 했다

오래오래 그의 속을 보호하며
자신의 겉을 보호받는 갈비뼈이고 싶어했다
그의 옆구리에서 팔랑팔랑 나부끼며

어느 봄날 내지르던 날카로운 소리
너덜너덜 잘려오던 전기톱의 날은
정실의 삶만 인정했다

쓰엉쓰엉 삭정이 같은 추억들과
무럭무럭 자라던 잎사귀 조각들
거리에 흥건히 떠돌아다녔다

누구의 옆구리가 되지 않으려고
몰래몰래 그의 옆구리를 파고 다녔나 보다
어느 날 바싹 마른 가슴으로
늙은 그의 옆구리를 받친 지지대

\>

옆구리로 시작한 삶이라

옆구리의 옆구리로 남았던 것이다

오래된 기와

고귀해진 흙
기와지붕에 풀이 수북하다

우아한 자태만 뽐내더니
개똥쑥이며 개망초 따위
머리에 받들어 모셨다

오래된다는 것은
지상의 식솔들을 섬기는 일

하늘과 면벽 수행한 공덕이다

촉의 힘

어디에라도 박히겠다는 못의 뾰족한 끝이 빛난다
그들과 한몸을 꿈꾸는 둥근 대가리
뾰조록이 들어갈 구멍을 향해 촉을 세워
그들의 일부가 되겠다는 결심 둥글지만

제자리에 박히기 위해 곧추선 날렵한 촉
벽 앞에서 번번이 빗나간다
서서히 뭉툭해져 가는 날들
숭숭 구멍 뚫린 채 황망히 널브러져
이리저리 뒤집어 보고 꼬나볼 때도 있다

반질반질 드러난 못대가리 걸음마다 소리를 낸다
구두굽을 갈다가
거꾸로 나를 향해 중심을 잡고 있던 촉
아무도 모르게 나를 밀고 끌고 당기며
단단하게 받치고 있는
뾰족한 힘 하나 가늠해 본다

단풍 떨어지는 소리

쿵! 마른하늘에 날벼락 떨어지는 소리인 줄 알았다

2층 가파른 계단을 소주박스 맥주박스를 짊어지고 오르다가
봉고트럭 위에서 박스들을 정리하며 내는 소리

즐거움이고 위로이던 저 내용물이
사실은 무거운 짐이 될 수 있다는 것은 언제부터 알았을까

문득 짐짝의 무게가 고통과 비례한다는 걸 알고 나서
입에서 흘러나오는 신음 꾹 삼키는 날도 있었겠지

좋은 날 올 거라고 울긋불긋 물들어 오다가
청춘 떨어지는 소리 '에이 씨팔 힘들어 죽겠네'

도로에서

분명한 짐승이었을 모호한 털가죽 하나가
두루뭉술 바닥을 붙잡고 있다
번뜩이는 눈망울 으르렁대던 이빨
꽉 채웠던 내장들 다 털린 짐승

쭈뼛쭈뼛 차선을 바꾸는
나는 또 하나의 털가죽
무슨 방책을 찾고 있는지
이쪽 바닥 저쪽 바닥을 넘나들고 있다

길을 막고 있는 한 뭉치 털가죽
생사를 구분한 여력도 없는
끈덕진 생의 미련

꼬리의 기억

책상 위에서 고양이가 줄 같은 꼬리를 흔든다
제 몸을 세상으로 안내하는 줄
컴퓨터에도 줄이 꼬리처럼 달려 있다
세상과 연루된 꼬리

책상 밑으로 가지가지 검은 줄들이 엉켜 있다
은근슬쩍 감춘 내 꼬리도
그 줄들과 엉키려고 꿈틀거린다

인간의 꼬리가 서로 저렇게 엉키는 것을 보고
신이 그것을 잘라 버렸을 것인데
그 퇴화된 꼬리의 기억으로
세상과 새로운 고리를 만들고 있다

지금 투명한 내 꼬리가 근질거린다

나비

나뭇잎의 뒷면에 옹기종기 누가 알을 슬어 놓았다
손님이 오면 뒷방으로 자식들 몰아넣던 엄마
밖으로 나오지 말라고 신신당부하는 소리 들리고
입을 틀어막고 낄낄거리며
문틈으로 밖의 상황을 탐색하는 자식들
나뭇잎 뒷면을 안전한 엄마의 등으로 믿는다

애벌레에서 갓 성충된 나비
알 밴 배 끌어안고
손발 비비며 터를 잡다가
다시 힘겨운 날갯짓으로 장소를 옮긴다
날갯짓의 횟수가 늘수록 꺼져가는 생명
한정된 날갯짓으로
꽃잎에도 앉아 보고
가시에도 앉아 보고
시멘트 담에도 앉아 보느라 탕진한다

안전하게 알을 슬어 놓고
오롯이 남은 생명으로
무엇의 이목이 거슬렸는지 엉뚱히 팔랑거리다

접히지 않는 날개 한쪽 발발 떨며
가로등 밑에서 죽음을 기다린다
요양병원 중환자실 밝은 형광등 아래

푸른 콩나물

콩나물 봉지를 차에 싣고 여름날 종일 돌아다녔더니
콩나물 대가리가 새파래졌다
세상 빛 차단하고 안전하게 지내다가
꽁꽁 묶여 환한 세상 이곳저곳 끌려다니려니
퍼렇게 멍들 만도 했겠다

콩나물대가리 이파리로 변신하려는 시도

세상 한번 살아보겠다고
반질반질 노랗게 모자 벗은 얼굴들
거기에 이파리 화석같이 주름살 그려 넣는 것도
콩나물이나 나나

펄펄 끓는 세상 속
뜨겁고 맛나게 살고프지만
거기까지 가는 선별 과정 만만치 않다

3부

넝쿨 잡초

잘못 건드리면 긁어버리는 습성이 있다

거칠어질 대로 거칠어져

손이 열 개라도 부족하다고

무엇이든 가리지 않고 여기저기 손 뻗는다

손가락질당해도

밟혀서 뭉개져도

정신만은 꼿꼿 하자고

잡고 일어설 곳을 찾아

어떻게든 범위를 넓히려 두리번거린다

정처 없이 세상 저쪽을 향하는 넝쿨 잡초의 순

기둥 없이 살아가는 방식이다

물 구경

큰비 내리고 물 구경 간다
늘 졸졸거리기만 하는 내 안의 흐름들
한번은 큰물처럼 흐르고 싶은 것인지
전생의 한때 큰 무리에 속해서
세상을 한 입에 삼켜버릴 힘을 가져 본 적이
꼭 한번은 있었을 것도 같아서
물 구경 간다

큰물 뒤에서 보니
물살에 쓸린 물가 풀들의 납작 엎드린
이생의 내 모습 보인다
때가 되어 저절로 일어서 질 때까지
그대로 있으라는 큰물의 일침에
죽이든지 살리든지 처분만 바라겠다고
애절히 읍소하며 잡초 발길 돌리는 물 구경

거울 속의 사막

거울 속에 사막이 있다
모래바람을 온몸으로 맞으며 앞으로 가야 하는 얼굴이 있다
바람이 머물다 간 곳에 만들어지는 사구들
바람은 질서에 불성실했으므로
사막이 바람의 알을 사구로 키웠다

한없이 높기만 하던 계단 그 무수한 三 자들
같이 흐르지 못해서 생긴 미간 사이의 川자는 깊이도 패였다
혼자가 두려워 짓밟히면서라도 같이 하고자 하던 八자의 시간
도 있었다
거울 속에서 낱낱이 드러내는 맨얼굴
골숍패인 넓디넓은 사막이다

군데군데 숨겨진 오아시스는
종종 신기루 같은 것이어서
그들의 기록은 믿지 않기로 한다
까마득 빛나는 이들도 믿지 않기로 한다
허망한 모래의 기록이 깊이 판 박혔다

화장은 무성의한 바람의 행적을 덮는 일

오래된 골습은 좀처럼 덮어지지 않고
살수록 곳곳이 함정인
부실한 사막엔 사구들이 늘어가고 있다

벼랑에서

벼랑을 절벽으로 여기다가
아래로 떨어지고야 추락을 확인한다

사방은 늘 아찔한 천길 낭떠러지
사나운 짐승에게 급습당한
쓰라린 추락의 후유증은
벼랑 생활의 필수품이다

중간쯤에다 그물망을 쳐놓던가
힘을 빼고 몸통을 굴리면서 착지하던가
바닥을 감싸 안는 낙법을 익힌 후
벼랑이 무섭지 않은 날 많아졌다

날개를 추적하다

훈련된 사람들은 세상을 둥둥 떠다닌다
퍼덕퍼덕 커다란 날갯짓으로
넘실넘실 물살도 쉽게 가르며 깊은 물 속을 잘도 날아다니는
것이
날개의 환幻 같다

어쩌면 나에게도 날개가 있지 않았을까
오랫동안 발달한 다리의 기능으로
점차 퇴화되어 그 흔적 없어진 것은 아닐까
발은 그러다 날개의 기능까지 익히게 되었을지 모른다

야근을 도맡아 해도 날개는 돋지 않았다
밤이나 낮이나 늘어지는 어깨
틈만 나면 무거워진 몸 아무데나 부려 놓는다
사는 것은 늘 어디까지 차오른 물속을 헤집는 일

누구는 힘을 빼고 살아보라고 충고를 한다
물살에 몸을 맡기면 세상을 둥둥 떠다닐 수도 있다고
자, 신을 믿고 가볍게 발을 파닥여 보라고 권하지만
여전히 허우적허우적 깊은 하루에 잠긴다

늙어가는 봄

이미 시리죽은 뜯어진 상추네
벌써 늙어서 버려져도 그만이네
가만 놓아두어도
햇빛이나 바람에 더 쉽게 시드네
의도하지 않았는데
세상에 진열은 되어서
방금 따진 싱싱한 것들 옆에
시들시들 아웃사이더로 남아서
스프레이로는 닿지 않는 갈증
누군가에게 덤으로 들려진다면
벌컥 반짝
한번은 일어나 보고 싶기도 한데
옆에서 어린 것들 팔려나갈 때마다
바닥에 스스로 가까워지네
세상을 향해 활짝 펴보려던 손
봄빛에 아롱아롱 녹고 있네

홍천방

홍천방 바닥은 타일이고 천장은 높았다
목소리고 물소리고 스며들지 않고 튕겨졌다
네모타일의 방바닥에서 하는 사랑도 매끈거려서 툭 던지면 미
끌 옆으로 샜다
보듬을 줄 모르고 타일은 상황마다 번쩍번쩍 빛을 냈다

홍천강이 얼지 않아서 올해 얼음낚시 축제는 망하겠구나
아버지 그럼 애부터 만들면 어쩌시려구요?

각각의 말들이 다른 타일조각에서 뒹굴었다

당신 살아온 날들을 돌아보세요
그렇게 반들거리다가는 머무를 곳도 없을 거예요
무슨 말을 그 따위로 해
살만한 세상에서

말들이 천장까지 닿았다가 내려오는 시간이 너무 길어서
다음 말까지 기다릴 수 없었다

그래도 세배는 해야지

아버지 여자친구는 늘 착해요
착한 여자는 아이를 잘 낳아

말이 허공 중에 빙빙 돌다 타일 바닥에 떨어져 깨졌다

아기는 착한 여자의 재테크일 수도 있어
아가야 너의 수직상승은 나의 승리란다

말소리가 타일에 부딪치며 쩌렁거렸지만
밖으로 새어 나가지는 않았다

어머니 저도 재테크가 필요한 나이예요

타일들이 더 촘촘하게 붙으려는지 줄눈을 찡그렸다

가지 끝에서

가지 끝에 매달려서
가벼운 바람에도
쉽게 흔들리는 잎사귀 본다

잡힐 듯 잡히지 않는
멀리 있는 헛것들을 향해
가지 끝에서 흔들리던 사람 같다

가을이 되면 먼저 시름시름 앓다 떨어지던
가장자리의 그들

간혹, 깊은 가을
가지 끝에서 웅크린 모습으로
마지막까지 남아 있는 잎사귀를 볼 때도 있다

화장품 가게 잎새 씨

지난 계절의 유물이다
화장품 가게 잎새 씨
유리창 안에서 조금씩 투명해져 갔다

그 앞으로 많은 차량과 사람들이 지나가지만
아무도 알아보려 하지 않았다

온전한 상태의 푸르고 당당하던 그녀의 자태는
저 안에서 조금씩
습기를 잃었고
귀퉁이는 찢어지고
누군가의 발끝에 부서지다가
진열장 밑으로 숨어들게 되었을 것이다

짙은 가로수 잎새들을 보며
그 속으로 다시 섞여들고 싶기도 했을 것이다
빗자루 끝에 닿을 듯 말 듯 밀려
날마다 좀 더 깊숙이 진열장 밑으로 기어들었을 잎새 씨

폐업으로 들어내는 진열장 밑에서 빠져나온

바싹 마른 그 여자
유리창 안에서 이리저리 굴러다니고 있다

밥의 행방

참으로 밥 구하는 일 막막하다
책 속에 길이 있다고 했는데
책을 아무리 뒤적여도 밥의 흔적 묘연하다

학기 초부터 도시락 반찬이 가방을 적셔
늘 반찬 냄새를 풍기던 교과서
열심히 책을 보면 밥이 되기도 하고
찬거리 얻기도 수월했던 시절
눈치 빠른 이들은 그때 밥과 책의 관계를 깨달았을 것이다

나는 그간 밥의 중요성을 잊은 채
밥 먹는 일을 부끄럽게 여긴 적도 있다
지금은 밥 냄새 반찬 냄새 맡기도 쉽지 않아
책을 아무리 봐도 용기에 담기지 않는다
이제 내 책들은 그들과의 관계를 끊은 듯하다

밥의 행방을 놓친 사람 중에는
빈 골목의 갈피를 뒤지다 파지 같은 노숙자가 되기도 하고
밥에게 굽신거리다 바짝 등이 굽은 이도 있다

>

벌써 몇 년째 나도

남이 흘리고 간 밥알 같은 시들만 뒤적거리다가

다시 밥의 행방을 놓치고 말았다

모기의 실력

모기가 윙윙거린다
손바닥으로 때려잡으니
여기저기 퍼지는 피

누구의 피인가
물린 자국 없는데
흔적 없이 포식한 모기의 능력

딱히 빼앗기고 빨릴 것도 없지만
중요한 것을 잃은 것만 같은데
쪽 빨린 것만 같은데

가끔은 어디가 가려운 것 같기도 하고
아픈 것 같기도 한 것이
딱히 그렇다고 콕 짚이는 것도 없으면서

빈집의 눈물

대문부터 현관까지 장악한 잡초가 집의 주인이다
오래전에 한쪽으로 내동댕이쳐진 개집이며
못 쓸 것으로 전락한 우물가의 프라스틱 대야며 살림살이들
빈집은 완전히 망가져 버리고 싶은 것이다

마당 끝의 배롱나무꽃도 보기 싫은지
측백나무 울타리도 엇나게 키웠다

외로움의 습성은
자신부터 망가뜨리는 것
뿌연 먼지를 뒤집어 쓴 채
우우, 산발한 머리를 흔들며
짐승처럼 울부짖고 있다

감나무의 어린 감이 울타리 밖으로 굴러
또르르 하수구 망에 걸린다

나뭇잎의 두려움

침대에 납작 엎드려 있는 나를
말끔히 쓸어 내려는 듯
잠이 달달한 새벽 빗자루 소리

쓸리지 않으려
돌 밑으로 숨어들거나
보도블록 틈새를 비집으며
가까스로 살아난 한낮

비틀린 몸으로
깨끗이 정리된 거리에서
미화원이 빠뜨리고 간
부서지고 쪼그라든
낙엽 하나로 남는 거

그것

사람들 사이에 그것이 섞여 있었다
비슷한 모습 어슷한 표정을 읽으며
한 무리의 일원이 되는 안락을 만끽하듯
진한 동조의 눈빛을 건네고 있었다

아무도 내가 별종이라고 의심하지 않았다
나 자신조차도 그 무리의 손색없는 일원이라 여겼다
어느 정도 시간이 흐르자
스멀스멀 그것이 사람들 사이에서 기어 나왔다

물렁물렁한 것 같기도 하고
사나운 것 같기도 한데
누군가는 그것을 즐겨 다루었으며
대부분은 그것을 의식하지 않았다

되도록 나도 그것을 이겨보려고
무시하고 외면도 해보았지만
종내 나의 존재는 그것에게 들통나고 말았다
이 무리에 섞여 있는 나를 용납할 수 없다는 듯이

\>

슬쩍 뒤로 물러나며 재빨리 그 자리를 빠져나오려는 순간
그것이 나의 뒷덜미를 덮쳤다
나를 움켜쥐고 조종하는
그것의 뒷덜미를 잡으려다 나는 또 하루가 저물었다

굴비의 표정

굴비 한 두름을 개수대에 풀어 놓는다
파도를 타던 몸의 습성인 듯
가지각색 몸짓으로 널브러진다
묵상 기도 중 잡힌 굴비
화를 참다 잡힌 굴비
딴짓하다가 잡힌 굴비는 아직도 비굴하다
수시로 소금 세례를 받다
이젠 돌이킬 수 없어졌을까
멀뚱한 표정 바뀌지 않는다
지금 웃는 굴비가 더 맛날 것 같긴 한데
꼭 그렇게 맛나지는 않더라도
꼼짝 못하게 절여질
내 마지막 얼굴을 그곳에서 뒤적여 보는 것이다

빛의 벌

방충망을 열자 말벌 한 마리 잽싸게 들어와
형광등 주변을 갈팡질팡 허둥댄다
한 발을 내딛는 순간 잘못을 깨달았을 것이다
밝은 빛을 따라 무작정 뛰어든
출구 잃은 위험한 날갯짓
막무가내로 어디든 부딪쳐 보는 것이다

빨강과 파랑 전광판으로 빨려들 듯 집중하던
그가 머리를 벽에 부딪치며 웅성웅성 울어대듯
바닥에 떨어져 벌벌 기는 말벌처럼
의심 없이 찾아든 밝고 찬란한
그 빛의 세계는 굴곡굴곡 깊어서
허공을 수없이 맴돌았을 것이다 빛의 벌
원래의 어둠 속으로 돌아가고 싶은데
눈부신 빛에 치명타를 입었다

4부

계절의 경전

오랜 가뭄에도 물이 가득한 논
전법을 위한 각고의 노력이다
네모 반듯한 논에 줄줄이 심어진 모
바람에 한들한들 붓을 갈긴다
경전 속의 글자처럼
일갈하며 박히는 글자들
충만한 영혼에 파도가 인다
잘 번역된 경전의 페이지를 펼친다
옆구리에 껴야 더 당당해지는

누구의 손길도 받지 못한 묵정밭에는
강아지풀 잔디풀 개망초가 활짝 피었다
쉽게 번역하기 어려운 원서
오랜 가뭄 탓이거나
다른 일로 바쁜 제자들 탓이겠다
상추나 콩이나 쪽파 같은 말씀들이
알알이 쏟아져 나오리라 믿는다
아직 해독되지 않은 말씀 앞에서
고개를 갸웃거리는 저 노파는

나무의 귀

한 자리에서 꿋꿋이 뻗어가는 저 나무
한 번도 자리를 이탈하지 않은 저력이
그 굵은 기둥에서 나온다고 믿었는데
가만 보니
나무는 수많은 귀를 달고 있는 것이다
거센 바람의 말과
뜨거운 햇빛의 말
비와 눈과 하찮은 먼지들의 말까지
온몸을 기울여 판독하는 귀
만년 전의 일까지
천리 밖의 일까지

사람들이 귀고리를 하는 이유가
제자리도 찾기 어려운 세상
달랑 두 개의 귀로써는 어림없어
하나의 잎사귀라도 더 달아보려는 것은 아닐지

겨울나무의 몸짓

대체 겨울 산에 무슨 일이 있었나
굴참나무 산밤나무 작살나무 산딸나무
누구도 앞서서 자신의 이름을 밝히지 않는다
죽은 듯 살아야 하는 나무의 때
모양도 색깔도 다 떨구고
알몸으로 칼바람 맞으며 허공만 응시한다
자신의 이름을 숨기기 위해
맨가지의 그림자에도 멍드는 계절
이리저리 흔들리며 거꾸러지지만
아주 부러지지는 못하는 生
상처의 딱지
숨겨온 옹이
삭정이가 투두둑 발밑에 쌓여간다
고통의 몸짓들은 늘 어둑하다

나사 조이기

허리 디스크에 걸린 그가 삐그덕거린다
수많은 계절을 연결하다 틀어진 그의 중심
한 번은 조이고 왔어야 했다

자신을 조이려 애쓰다 마모된 것인지
조여도 조여도 헛도는 마찰력
암나사의 나사산이 무너지는 순간
척추에 박힌 못이 헐거워진 것인지

사이즈 별로 졸졸이 담긴 드라이버 공구 세트 같은
그의 자식 중의 하나를 꺼내
디스크 4번과 5번 사이에 넣고 돌려 본다

제 몸에서 자꾸 빠져나가려는 나사를
좀 더 짱짱해지도록 조이기에는
드라이버나 자식이나
그만한 도구도 없는 것이다

지렁이 건널목

도시의 긴 건널목을 꿈틀꿈틀 기어가는 지렁이
건장한 어깨와 날씬한 정강이 사이에서
육중한 보행자의 구둣발 사이에서 아슬아슬하다

다급하게 도착해야 할 일이라도 있는 것처럼
그제서야 이 자리에서 뜰 이유가 생각난 것처럼
문득 속력을 내지만 그가 원하는 길에는 닿지 못하겠다

단단한 시멘트 바닥에서
주변을 빙빙 돌며 길을 찾다
누가 밟지 않아도 건널목을 다 건너기 전에 말라 버리겠다

실직

간격을 조절하기 위한 구조조정이다
자신의 몸집을 조절하지 못해
버스정류장 간판을 가리는 무례를 범한 벌이다

정류장 옆 기둥 잘려진 가로수 둥치
누가 그 둥치 옆에서 손을 나풀대며 택시를 잡을 땐
자신도 팔랑팔랑 이파리의 환상통을 앓을 것이다

이른 나이에 잘려나간 플라타너스
가로수 입장에서 발을 빼지 못한다
봄이 되면 가장자리에 새로운 손을 뻗어 올리기도 하는데

자신에게 주어진 허공의 몫을 그려보며
차도와 인도 사이에서 힘겨운 버티기
뿌리는 속절없이 땅속을 더듬고 있겠다

깨를 털며

자리를 넓게 펴고 깨를 턴다
톡톡 꼼꼼하고 조심스레 두들길 필요는 없다
두어번 탁탁 두드려도 다 털린다
오롯이 여문 것들은 말귀를 잘 깨친다

깻몽오리는 잠언 같은 구절을 닮았다
촘촘이 박힌 깨알 글자들
계절의 수난과 축복을 받으며
소박하게 침묵으로 익어갔을 것이다

순하게 순하게 말라갔을 고것들
순순히 쏟아지는 것을 보면
온통 세상이 고소해진다
참으로 이룩된 경전이다

터널 공사중

하나의 터널을 짓기 위해
돌멩이와 흙덩이 무수히 쏟아졌겠다
깊이 뿌리내린 나무들 캐내고 자르며
망가진 본래의 모습 자책도 했겠다
그렇게라도 환한 길 들여야 했던가

누군가에게 가기 위해
힘겹게 뚫다 만 터널들
입구부터 막혀버리기 일쑤였지만
중간까지 뚫다가 멈추기도 했다
거의 막바지까지 진입한 터널의 상처는 깊다

우리는 서로에게 산이었으리라
결코 뚫리지 않는 산
아직 뚫을 수 없는 산
그 사이가 두려워
이리도 악착같이 위험한 발파까지 불사하는가

벽을 내려쳐서 내려쳐서
파편만 튀는 좌충우돌
터널이 되지 못한 동굴 같은 우리의 관계

신의 무덤

도로 한복판
신 한 짝 노란선에 삐딱하게 걸려 있다
이쪽과 저쪽을 재빠르게 측량한 흔적
얼마 전 무단횡단으로 사고당한 이의 신발이다
이승과 저승을 마음대로 왕래하려 했던 것일까
한짝 신발을 나뭇가지에 매달고
지금 어느 저승을 유람하고 있는지
한 짝을 대수롭지 않게 흘리고 간
아니 감쪽같이 묻어 놓고 간
이곳이 그의 무덤이었을 수도 있겠다
신과 내가 서로 바라보는 이 각도
아무래도 여기가 수상하다
다디단 과속이 범람하는 세상 한복판
비가 오면 비에 젖고
해가 뜨면 말라가는 내 신은 정말 안전한 걸까

종이접기

우선 이곳과 저곳의 구분을 위해 등분을 나누고
함부로 선을 넘지 못하도록 꾹꾹 눌러 접는다
희미하게 접으면 곧 풀어지거나
모양이 흐트러지므로
짧은 선 조금 더 짧은 선
쉽게 넘볼 수 없는 미로를 만든다
잉여의 부분은 보이지 않게 끼워 넣거나
가위로 잘라낸다
내키지 않지만 풀칠로 단단히 묶어 두기도 한다
그리하여 작품이 완성되면
부실한 보관으로 망가지지 않도록
액자나 유리상자 같은
견고한 성채를 만든다

그들이 사는 방식이다

야자나무 훈육

흐릿한 시골 마을 야자나무 열매 선명하다
나무의 꼭대기에 다닥다닥 붙어 있는 것들
누군가 만지작거리다 집어던진 덩어리 같기도 하고
손 타지 말고 오래오래 푹 익으라는
귀한 집 자손 대충 지은 이름 같기도 하다
하늘과 더 가깝게 있으라는
등골 휘는 사교육 현장 같기도 하다

원주민 한 명 나무에 날렵하게 올라가더니
강도 높은 훈육관처럼
발을 굴러 열매 덩이들 땅에 떨어뜨린다
바닥에 뒹굴면서도 멀쩡히 새파란 풋것들
무식한 가르침은 애초에 글렀구나 했는데
톱으로 잘라 맛을 보니 밍밍하다

풋것들의 밍밍함은 때로 듬직하기도 해서
스스로 맛 내는 법을 벌써 알아낸 듯도 해서
저 흐릿한 환경과 구부정한 나무의 훈육 방침을
슬쩍 커닝이라도 하고 싶은 것이다

겨울 풀의 사정

푸르던 기색은 먼 전생의 일
물기 빠진 날을 세우며
삐걱삐걱 부러질 듯 서서
한 계절을 건넌 겨울 풀들
우수 경칩 다 지나고 갑자기 힘을 빼는 것이다

무릎을 꿇는 것 같기도 하고
허리를 굽히는 것 같기도 하고
휴우 하는 것 같기도 하고
아래를 보니 새싹들 푸릇푸릇
그동안 자리를 지켜준 것인지
이제 자리를 비켜주는 것인지
그토록 날 세웠던 이유를 알 것도 같은데

찬바람에 심신 너덜거려도
우수 경칩 다 지나도
주저앉지 못하는 겨울 풀
늙은 일꾼들 가득한 거리
겨울이 길다

귀가

수풀이 무성한 좁은 길 끝 외딴집
뾰족한 대나무 울타리를 치고
깊은 밤까지 칼 가는 소리
풀이나 꽃도 날 세워 피는 곳
그곳에 방문한 사람들은
생채기 몇 개씩 얻어 나오고
마당엔 피자두가 흉흉한 소문처럼 익어가는

그런 숲속 외딴 흉가 몇 채를 거쳐온 것만 같은
욱신욱신 지나온 하루
첩첩 출입문에 들어서는
긴 비번의 숫자 안락하다

소의 전설

들통에서 펄펄 끓고 있는 사골을 보니
출산하던 암소 생각이 난다
외양간을 빙빙 돌며 죽을 자리를 찾는 것 같았다
우연히 분만실 앞을 지나다 본 출산 중인 산모
사지가 묶인 채 음~마 음~마 산통 중이다
송아지를 낳고 무럭무럭 여물을 잘도 먹었다

가계를 이어야 하는 것은 소와 며느리의 소임
먹이는 오롯이 생산을 위한 일이라는 듯
아이를 낳고 바로 들 일을 나갔던 여자
누군가의 먹이가 될 초주검의 길로
뚝뚝 살점 떼어주듯 자식 떠나보내고
껌뻑껌뻑 울음을 삼켰을 어미

한세상 버틴 뼈마디까지 다 고아 먹이고
구멍 숭숭 뚫린 모습으로
다용도실 비닐봉지에 담긴 뼈다귀처럼
골다공증에 시달리는 어머니도
어쩌다 영문도 모르고 뛰어든 솥에서 펄펄 끓고 있는 나도
어느 별에서는 고단하게 들을 더듬다 죽은
소의 전설이 되어 있을지도 모른다

은행나무 600년

600년 은행나무 굵은 밑둥치
휘감긴 나무의 길
곧아지다 돌아서고
틀어지다 곧아졌다

길을 만들려다 멈춰버린 옹이들은
오래전에 구멍 나 골방 서너 개로 남았다

덩실 춤이라도 추는 것인가
뿔뿔이 뻗어난 가지들

길고 긴 호흡에 어쩔 수 없었던가
제멋대로 뻗어대는 엇박자들

휘어지고 엉키고 갈라지는 현란한 춤사위
그때마다 밑둥치는 이리저리 틀어지다
어느 순간 모양을 잡을 수 없게 뒤틀어진 것이다

한 자리에서 한세월 산다는 건
저렇게 뒤틀리는 일이겠다
틀어지고 틀어진 마음 돌이킬 수 없을 때까지

덜컹

육중한 장롱이 쓰러졌다
굳건하게 안방을 지키던 그가
아파트 공터에 아무렇게나 뒤집혀 있다

쓸모를 다했다는 표시로 노란딱지도 붙었다
누군가 그를 두드려 본다 뒤집어 본다

목장갑 낀 손이 이리저리 쓰다듬는다
순간 그가 번쩍 빛을 발한다
폐품 딱지 붙은 장롱 어딘가로 실려 가며

마지막 한 소식 전한다
덜컹!

세상 참 좋아져서
막바지로 치닫던 관계도
끝이다 싶던 상황도

덜컹덜컹
다시 살아나기도 했다

익숙한 것에서 더 익숙한 것으로, 그 변형의 자서

권혁재 시인

익숙한 것에서 더 익숙한 것으로, 그 변형의 자서

권혁재 시인

　금번 상재한 이선희의 시집 『소금의 밑바닥』은 각기 다른 개별적인 작품들이 서로 유기적 관계로 이루어져 한 권의 시집이자 하나의 작품세계를 이루고 있음을 알 수 있다. 모두 4부로 나눠진 시집은 각기 다른 작품들로 구성되어 있지만 내용이나 주제에서도 모두 서로 유기적 관계를 맺고 있어 이선희가 근본적으로 추구하는 작품세계를 보는 듯하다.

　이선희의 시집 『소금의 밑바닥』은 각각의 시작품이 만들어낸 시집이 아니라 서로 다른 작품들이 유기적으로 연결고리를 형성하여 빚어낸 소중한 의식의 결과라 할 수 있다. 또한 시집의 출발은 자서에서 시작해서 자서로 결말을 짓는다. 그리고 익숙한 것에서 더 익숙한 것으로 변형을 추적하는 단독자의 길을 걸어오면서 이선희만의 시세계를 구축하고 있음을 감지할 수 있다.

1. 삶의 구조를 헤집는 자서

시는 많은 구조로 이루어진다. 외형적인 면은 차치하더라도 내용적인 면에서는 더욱 그러하다. 그만큼 시의 내용이 다양하고 시를 쓰는 시인의 개성이나 기술에 따라 진폭의 방향성이 결정되기 때문이다. 과거의 전통적인 시의 범주에서 벗어나 새로운 시들이 진화하여 왔고 시를 위한 시들이 대거 등장하였다. 출판물보다 많이 쏟아진 인터넷의 대중매체가 소비를 촉진하였으나 다른 한편으로는 문화의 흐름과 발전을 저해하는 요인이 되기도 하였다. 새로운 대중매체에 밀린 시가 소외되고 푸대접 받는 시대가 도래하였다. 그러면서까지 시가 사양되지 않고 현실과 인간 사이에 존재하는 이유는 무엇인가라는 물음은 한낱 어리석은 질문에 지나지 않을 것이다. 시의 존재는 인간의 존재를 의미하는 것이요, 인간의 존재는 시의 존재를 의미하는 것이기 때문이다. 시와 인간과의 관계는 인류의 탄생에서 종말까지 영구히 함께 할 것이다. 인간이 삶을 영위할 수 있는 한 시도 어떤 의미나 존재로 인간의 삶을 희로애락으로 표출해낼 것이 자명한 사실이다.

오래전부터 시는 타자나 대상에서 자아나 주제에 부합되는 동일성을 탐색해냄으로써 삶의 구조를 더듬어내려는 시도를 끝없이 해왔다. 이선희의 시집 『소금의 밑바닥』에서도 대개가 이런 맥락을 지니고 있어 그 의미가 사뭇 깊어 보인다. 그가 짚어내는 삶의 구조에는 "사막, 소금, 등뼈, 꽃, 나무, 단추, 멸치, 하루살이, 저임금 노동자" 등 야찔하고 불편한 대상으로 대치되어 등장한다. 그러나 이러한 대상들은 시에 들어가는 부수적인 매개체들이 아니라 궁극적인 주제의식을 끌어가는 다른 대상들로 전이되는 특징을 가지고 있다. 이러한 예는 「거울 속의 사막」에서 거울에 비친 사막을 통해 "낱낱이 드러내는 맨얼굴"을 보며 오래된 골처럼 좀체 덮어지지 않고 살아갈수록 곳곳에 함정만 파놓은 부실한 화자에 대한 자서를 극명하게 나타내고 있다.

소금을 녹이니
바닥에 가라앉은 뻘이 보인다
순백색 소금의 몸에 뻘이 들어있었다니
짜디짠 정신으로
까칠하게 각을 세우고
세상의 간을 맞추던
그 정신의 기둥이 뻘이었을까

뻘을 품고
더 단단한 결정이 되어갔을 소금은
한번도 뻘을 인식하지 못하고 평생을 살았을지 모른다
어쩌면 뻘과의 관계를 조금은 부끄러워했을지도 모른다

밑바닥에 가라앉은 뻘처럼
어느 날 치매 병동에서 본 얌전하고 곱던 할머니
세상의 온갖 욕을 종일 읊조리고 있었는데

내가 녹아버렸을 때

나를 지탱하던 그 무엇의 모습이

문득 궁금하고 두려워지는 것이다

― 「소금의 밑바닥」전문

시집제목이자 작품제목인 「소금의 밑바닥」에서는 녹은 소금을 통해 드러나는 바닥의 뻘에서 치매 병동의 할머니에게로, 곱던 할머니의 모습에서 다시 화자를 지탱했던 모습과 녹아내렸을 때의 두려워지는 심리상태까지 정서의 공간으로 미리 확보해 놓고 있다. 다른 한편으로는 「꽃의 구조」에서처럼 국밥집 아주머니가 이고 가는 짐을 꽃으로 치환시켜 허물어지는 정수리를 균형 있게 잡아주려는 따뜻한 면모도 나타냄으로써 "꽃의 구조"에서 삶의 구조를 환기해주는 시의 구조로 이접시키기도 한다. 이선희가 시의 구조로 드러내고자 하는 삶의 이면에는 어느 특정 계층이나 공간을 별도로 가리지 않고 다층적으로 발현해낸다. 그만큼 그가 관찰한 것을 치밀하게 시적 대상으로 채집한 흔적들이 온전하지 않고 "덤으로 얻어온 껍데기"(「알맹이의 흔적」)같거나 "육십 넘은 남자의 이력"같기도 하여 언제 어디서든 쉽게 만날 수 있는 보편적인 것들이어서 편하게 다가오는 것인지도 모른다.

그러나 화자 자신에 대한 자서에 버금이 될 「멸치의 자서전」에서 상중하로 품종이 갈리는 멸치를 통해 오장육부까지 발라내려는 타자에 대한 삶의 구조는 화자에게로 되돌아오는 신산한 아픔을 보듬어내기도 한다.

흔들린 강도만큼 새어 나오는 거품

속수무책 빠져들던 미완의 날들

김빠진 거품이 사라진 후

여기저기 찌그러진 채 나뒹굴던 깡통들

그의 하얀 웃음도 사그라들었다

― 「깡통의 허리」 부분

   이선희가 바라보는 삶의 구조는 언제나 흔들리고 강도가 세고 "속수무책 빠져들던 미완의 날들"에 치중되어 있다. 찌그러진 깡통들이 나뒹굴 때마다 웃음이 사그라들고 김빠진 시간을 연장하려고 생의 수모도 겪어보지만 그러면 그럴수록 미완의 날들과 짧은 수명에 오히려 허리를 숙여 감사의 인사를 하는 장면을 역설적으로 포착해낸다. 여기에 그의 집요함과 끈질긴 시말에 대한 고민의 흔적이 엿보인다. 이와 같이 한층 더 새로운 사유의 세계에서 삶의 구조를 뒤엎는 시는 X-ray를 찍다가 신이 만든 잠기지 않는 흑백의 고요로 닫혀있는 대문(「잠기지 않는 대문」)을 표현하거나 철봉대에 매달려 "턱을 질기디질긴 생의 선 위에 걸어 놓고/ 온몸을 바싹 오그리고/ 부들부들 떨며 핏대를 세우고" 있는 "쉰 살"의 모습은 "별에서 아주 떨어질 뻔"한 삶에 대한 페이소스로 각인해내기도 한다. 여기서 더 나아가 하루의 노동을 끝내고 돌아오는 "저임금 노동자"에서는 "종일 누군가의 주머니 속을" 들락거리다 구겨진 노동자의 삶의 구조를 사실적이고 구체적으로 희화화시키고 있다. 그러나 「바람의 패러독스」에 이르러서는 삶의 구조가 미완이 아닌 어느 정도의 안정감과 완결성을 견지하고 있음을 알 수 있다. "돌아가기엔 너무 늦었다는 이유로" 화자 자신에 대한 자서는 "끝내 그 길을 고집"하게 되고, "바람의 패러독스를 깨우친 시인이" 되기도 한다. 이선희에게 삶의 구조는 시의 구조이자 자서에 대한 바람이자, 맑은 하늘아래에 선명하게 보이는 소금의 밑바닥 그 자체일 수도 있다 하겠다.

2. 이타로 향한 변형의 시각

굳이 존 스타이너의 말을 빌리지 않아도 시의 출발은 사랑에서 비롯된다는 것은 주지의 사실이다. 시는 근본적으로 빚진 사랑에서 출발하고 있다. 빚진 사랑은 축적된 서사와 시간의 흐름 속에서 묵혀 온 지난한 서정의 한 형식이다. 그래서 바로 드러나지 않고 시간이 오랫동안 지난 후에야 반성이나 성찰과 더불어 완숙해지면서 나오는 것이다. 시에서 사랑은 다분히 이타적이어서 타자에 대한 배려와 자아를 확인하는 방법으로 종종 이용해왔다. 또 시는 사랑에 관한 주제를 외연적으로 확장하려고 잠재적으로 활용하거나 직접적으로 사용하기도 하였다. 결국 시는 사랑이 있어야만 쓸 수 있는 변형의 문학양식으로 입지를 갖추어왔고 대상에 대한 이타의 시각을 내밀하게 엮어왔다. 이선희의 시에서도 보이는 이타의 사랑들은 경전 글자를 새기듯 차곡차곡 쌓아가는 뭇사람들의 인연과 관계를 맺고 있다. 그 인연을 통해 세밀한 사랑을 드러내는 과정에는 "수선집 여자, 허리 굽은 노파, 수술대에 누워있는 그, 속 빈 여자, 과일 노점상, 도

배하는 여자, 로드킬을 당한 짐승, 나비" 등 다양한 층위의 대상
들이 나타난다.

굽은 허리에 채머리 떠는 노파
오랜 기간 많은 문제들에 집중하느라 변형된 체형이겠다

너무 어려워 흘려버린 문제들은 강펀치로 돌아와
노파의 뒤통수를 쳤을 것이고
난해해서 밀쳐두었던 지문들은 꿈틀꿈틀 질겨져서
그의 허리를 감아 내렸을 것이다

풀어야 할 문제들이 쌓여간다
정답은 쉽게 나타나지 않고
높아진 난이도에 관계는 이리저리 꼬여간다
이 문제들이 다 풀리면 남은 생이 좀 수월할 것도 같은데

당신이라는 문제를 다시 읽기 시작한다
길고 헤깔리는 지문
긴 지문을 읽다가 그만 당신을 놓치고 만다
왜 이 어려운 문제를 읽기 시작했을까
갸우뚱갸우뚱 고개를 저으며
— 「변형되는 중」 전문

이선희에게 이러한 대상들은 순간의 인연이 아닌 영겁의 인

연으로 항상 도외시할 수 없는 초월적인 이타의 변형으로 "촉의 힘"을 지니고 있다. 그 대표적인 작품이 「변형되는 중」이다. 허리 굽은 노파를 보며 "오랜 기간 많은 문제들에 집중하느라 변형된 체형"으로 인식해내는 시말은 이타의 극치이자 변형의 유형을 익숙한 것에서 더 익숙한 것으로 승화시키고 있다. 이선희의 시가 쉽게 읽혀지고 감동이 남다른 것이 이런 연유에서가 아닐까 싶다. 그러나 이선희가 추구하는 시의 전개는 단순한 이타로 향한 변형의 시각이 아니라 변형을 통해 드러내는 다른 이타에서 치유의 바이메탈을 설치해둠으로써 정체된 자아나 아픔으로부터 회복할 수 있는 여지를 마련해두고 있다는 사실이다. 이러한 예는 "조금 부족하거나 헐렁거려도", "바늘에 손가락 찔러가며 경전 글자를 새기고" 있는 「수선집 여자」에서도 충분히 드러나고 있다. 또 "절단과 봉합을 반복하다가/ 바닥에 바닥을 헤집다/ 한순간 뒤죽박죽 엉켜" 살아온 "수술대에 누워있는 그"나, "새 간판 달아보리라는/ 텅 빈 속 가득 메꾸고 다시 살아보리라는/ 빈 상점의 펄럭이는 처마 차양"을 바라보는 「속 빈 여자」의 시선도 마찬가지다. 이선희의 이타에 대한 시각은 동정이나 궁핍이 아닌 미래에 대한 담보로 이루어진 희망이자 바람이라 할 수 있다. 지하방에서 지상의 방 한 칸을 꿈꾸는 "과일 노점상의 하루"는 단적인 예이지만 변형의 정점에 잇닿아 있다 하겠다.

이선희가 이타에 대한 변형의 시각을 확대시켜 놓은 작품으로는 「도배하는 여자」가 아닌가 싶다. "등짝이며 엉덩이에 파스가 덕지덕지 붙어" 있는 "도배하는 여자"에서 그가 감지한 것은 "그을린 벽지처럼 누루스름"한 그녀의 몸보다는 균열이 난 벽을 도배로 덮어버리는 여자의 희망과 꿈을 변형된 정서로 잘 감싸내고 있다는 것이다. 그러나 이선희가 우선적으로 지향하는 시의 의도는 이타에 머물지 않고 타자에서 이타를 헤집어내 한 차원 더 높은 변형의 대상물을 만들어 내는데 있다. 그 대표적인 시가 「촉의 힘」이다. 끝이 뾰족한 못에서 번번이 빗나가며 뭉툭하게 살아온 화자를 가늠하여 "중심을 잡고 있던 촉"으로 환원시키고 있다. 내장을 다 털린 로드킬을 당한 짐승(「도로에서」)을 바라보는 시선이나 고양이의 꼬리에서 인간의 퇴화된 꼬리(「꼬리의 기억」)를 기억해내는 방식 또한 같은 연장선상에 있다고 해도 과언이 아니다. 그리고 엄마를 알을 슬어 놓은 나비로 전이시켜 "오롯이 남은 생명으로 접히지 않는 날개 한쪽 발발 떨며 요양병원 중환자실 밝은 형광등 아래"에서 죽음을 기다리는, 생명에 대한 이타적인 질문을 하기도 한다.

> 안전하게 알을 슬어 놓고
> 오롯이 남은 생명으로
> 무엇의 이목이 거슬렸는지 엉뚱히 팔랑거리다
> 접히지 않는 날개 한쪽 발발 떨며
> 가로등 밑에서 죽음을 기다린다
> 요양병원 중환자실 밝은 형광등 아래
> ─「나비」 부분

3. 거친 습성과 기제에 대한 반응

하나의 습성은 인간의 행동을 집요하게 되풀이시키면서 몸에 익은 채로 굳게 만든다. 시에서 습성은 시를 이끌어내는 대상에서부터 전개까지 집요한 관찰과 상상을 반복하게 해준다. 습성은 지극히 시인이나 화자의 개인적 행동에 불과하지만 서사와 서정을 가름하는 중요한 양식이 되기도 한다. 그래서 시를 쓰는 습성은 오랫동안 개인적인 것에 치우쳐 온 사유의 세계를 독자와 공유하는 것으로 되돌려 놓는 기본적인 의식의 단계라 할 수 있다. 이에 비해 기제는 시인의 행동에 영향을 미치는 심리작용이나 원리를 말한다. 시인의 심리상태에 따라 시가 방어나 공격적일 수도 있는 까닭이 이러한 데에서 비롯된다고 이해하면 된다. 기제의 원인과 유형에 따라 인간의 삶도 기본권과 자연권으로 구분되어 그 의미를 각각 부여해왔다. 자연권은 본질적인 측면에서 자연에 대한 순응적인 권리로 이해되지만 기본권은 그 의미가 확연히 다름을 알 수 있다. 기본권은 마땅히 누려야 할 권리로서 자유, 평등, 정의 등 포괄적인 권리이다. 그래서 시에서 기제를 사용할 때는 불평등, 부정의, 부조리 등을 메타포로 변주하여 자주 시말로 끌어넣고 있는 것이다.

굴비 한 두름을 개수대에 풀어 놓는다
파도를 타던 몸의 습성인 듯
가지각색 몸짓으로 널브러진다
묵상 기도 중 잡힌 굴비

화를 참다 잡힌 굴비

딴짓하다가 잡힌 굴비는 아직도 비굴하다

수시로 소금 세례를 받다

이젠 돌이킬 수 없어졌을까

멀뚱한 표정 바뀌지 않는다

지금 웃는 굴비가 더 맛날 것 같긴 한데

꼭 그렇게 맞나지는 않더라도

꼼짝 못하게 절여질

내 마지막 얼굴을 그곳에서 뒤적여 보는 것이다

　　　—「굴비의 표정」전문

　　이선희도 여타의 시인들이 보여준 기제를 사용함으로써 그만
의 시세계를 구축하여 왔다. 그러나 그가 이끌어내는 기제의 반
응은 기제를 서술해 놓은데 그치지 않고 습성과 기제를 병행하
여 서술함으로써 긴밀성을 갖추고 있다. 「굴비의 표정」에서 나
타나듯이 파도를 타던 굴비의 습성을 지적해나가면서 "굴비는
아직도 비굴"하다는 기제를 전면에 내세워 놓고 "내 마지막 얼
굴을 그곳에서 뒤적여 보는 것"으로 흔한 "굴비의 표정"이라기
보다는 굴비의 습성에서 비굴한 굴비의 기제를 포착해낸다. 이
선희에게 굴비의 표정은 굴비의 습성보다는 마지막 내 얼굴을
뒤적여 보는 기제를 빠른 속도로 전개시켜 긴장감을 배가시켜낸
작품이라 할 수 있다. 또 작품 「넝쿨 잡초」에서도 습성과 기제가
동시에 나타나고 있다. 잘못 건드리면 긁어버리는 넝쿨 잡초의
습성에서 "잡고 일어설 곳을 찾아/ 어떻게든 범위를 넓히려 두

리번"거리는 넝쿨 잡초의 기제에 대한 방식까지 시적으로 잘 획득해낸다.

> 사방은 늘 아찔한 천 길 낭떠러지
> 사나운 짐승에게 급습당한
> 쓰라린 추락의 후유증은
> 벼랑 생활의 필수품이다
> —「벼랑에서」 부분

> 야근을 도맡아 해도 날개는 돋지 않았다
> 밤이나 낮이나 늘어지는 어깨
> 틈만 나면 무거워진 몸 아무데나 부려 놓는다
> 사는 것은 늘 어디까지 차오른 물속을 헤집는 일
> —「날개를 추적하다」 부분

이선희가 기제로 사용하는 시말에는 기제에 대한 추측과 사실을 잘 나타낸다. 그 대표적인 시말들이 "벼랑, 절벽, 추락, 무거워진 몸, 물속" 등이다. 이런 시말에서 추론할 수 있는 사실은 불편과 아픈 기억들을 동반하거나 편재하고 있다는 것이다. 일상과 보편에 젖어 있는 기제들은 독립적으로 존재하거나 중심부로도 휩쓸리지 않고 "점차 퇴화되어 그 흔적 없어진 것"으로 허우적거리며 하루에 잠긴다는 현실적인 기제로 드러날 때 이선희의 시는 여전히 주변부에 있어도 좋을 듯하다.

이선희에게 습성은 "추적하는 날개, 빈집의 눈물, 나뭇잎의 두려움"일 수도 있다. 그러나 그가 근본적으로 바라보고자 하는 습성은, 대상의 습성에서 드러나는 직관적인 시의 습성을 획득해내는데 있다. 그에게 여타의 것들은 습성에 빠져 있는 기존의 것들로 가득하지만 그는 기존의 것에서 낯익은 것을 탐색해내어 더 낯익은 것으로 선별해내는 시에 대한 습성과 기제를 대하는 자세가 분명하다 하겠다. 이선희에게 습성은 삶과 사랑의 습성, 아니면 사랑과 삶의 습성이 지닌 기제에 대한 반응 속도로 빠르게 일어나는 직관을 초월하여 쏟아내고 있는 시의 힘이 아닌가 싶다. 그래서 지금도 외로운 습성 앞에 산발한 머리를 흔들며 짐승처럼 울부짖고 있는 듯하다.

> 외로움의 습성은
> 자신부터 망가뜨리는 것
> 뿌연 먼지를 뒤집어 쓴 채
> 우우, 산발한 머리를 흔들며
> 짐승처럼 울부짖고 있다
> ―「빈집의 눈물」 부분

4. 다시 일상성으로 회귀하는 경전의 자서

이선희의 시가 추구하는 시의 종착지는 어디일까? 아마도 그도 한번쯤 이런 의문에 대해 자문자답을 해보았을 것 같다. 시상을 확장시키는 계기가 되는 것은 어떤 질문에 대한 철학적인 대답을 구하는데서 비롯된다. 다른 한편으로는 보편적인 것에서

특수한 것을 적출해내기도 하고, 특수한 것에서 보편적인 것을 결합시키는 것이 시의 역할이라고 우리는 일반적으로 이해하여 왔다. 그러나 이선희가 획득해내는 시의 가치는 보편적인 것을 더 보편적인 것으로 승화시킬 뿐만 아니라 시의 초점을 달리 본다는 사실에서 생경하고 참신하다 하겠다. 그가 대상을 통해 드러내는 시말이나 시적 진실은 하나의 시말로 정치시키는 시작詩作이 아닌 비교대상이 되는 다른 사물을 병치시켜 놓음으로써 시의 변주를 덧씌우고 있다는 것이다. 그러나 이러한 밑바탕에는 언제든 시적 상상력으로 뒤엎을 수 있는 가역성을 이선희는 잘 활용하고 있다. 그에게 시의 가역성은 언제나 일상성에서 발견되고, 결국 시로 환기시켜내는 회귀의 능력을 가지고 있다. 언제부턴가 시에서 이념과 네이션이 사라지고 근래에 들어서는 시가 사소해지기까지 시작했다. 사소한 시들은 지극히 개인적 경향에 보조를 맞췄고, 시를 읽거나 쓰는데 어려움을 더 부채질하였다. 이선희의 시는 이러한 시류에 편승하지 않고 그만의 시세계를 구축하여 단독자의 길을 걸어왔다. 그의 시에서 드러나는 일상성의 특징은 여성 문화인류학자인 우켈레스가 말한 "일상에서의 예술"과 일맥상통한다고 해도 과언이 아니다.

    육중한 장롱이 쓰러졌다
    굳건하게 안방을 지키던 그가
    아파트 공터에 아무렇게나 뒤집혀 있다

    쓸모를 다했다는 표시로 노란 딱지도 붙었다

누군가 그를 두드려 본다 뒤집어 본다

목장갑 낀 손이 이리저리 쓰다듬는다
순간 그가 번쩍 빛을 발한다
폐품 딱지 붙은 장롱 어딘가로 실려 가며

마지막 한 소식 전한다
덜컹!

세상 참 좋아져서
막바지로 치닫던 관계도
끝이다 싶던 상황도

덜컹덜컹
다시 살아나기도 했다.
―「덜컹」 전문

　이선희는 시를 쓰는데 있어 참으로 다재다능하다. 시의 내용도 그렇지만 시를 끌고 가는 힘이라든가 주제의식을 맺는 방법에서도 남다르다. 아마도 이선희가 마주하는 일상의 모든 대상들이 시로 보이거나 시를 쓸 수밖에 없게 만드는 촉매의 덫에 빠지게 하는지도 모른다. 아니면 그가 취사선택을 할 수 있는 여지도 없이 "덜컹", 경계를 넘어 시로 빠르게 접속되었을 법도 하다. "덜컹"이라는 시도 그렇게 만들어진 예가 아닌가 싶다. "덜컹"이라는 음악적 이미지에서 "마지막 한 소식"에 가슴을 쓸어 내리는 "덜컹"으로 가역을 함으로써 "다시 살아나"는 이미지로 이접시키고 있다. 이러한 데에는 아파트 공터에 버려진 장롱을 폐품 수거하는 사람이 어딘가로 싣고 가는 일상의 모습에서 기인되고 있음을 알 수 있다.

경전은 일상적인 말과 구별되는 점에서 시말과 다르지 않다. 경전이 구술로 전해지다 문자로 정착되기까지의 과정도 시와 별반 차이가 없다. 이선희에게 경전은 "물이 가득한 논"에 "한들한들 붓을" 갈기며 경전의 깨우침을 위한 "박히는 글자들"(「계절의 경전」)로 묘사가 된다. 글이 문장이라면 이선희가 시로 드러내는 경전 역시 자아와 대상 사이의 간극을 좁혀주는 시라 할 수 있다. 그에게 경전은 남을 위한 것이 아닌 오직 화자에서 타자를 꿰뚫어내는 진실한 자아에 귀착되어 있는 것이다. 그래서 경전을 통해 자서를 넓혀 궁극적으로 시의 심급을 확장시키고 있다 하겠다.

> 자신을 조이려 애쓰다 마모된 것인지
> 조여도 조여도 헛도는 마찰력
> 암나사의 나사산이 무너지는 순간
> 척추에 박힌 못이 헐거워진 것인지
> ─「나사 조이기」 부분

> 도시의 긴 건널목을 꿈틀꿈틀 기어가는 지렁이
> 건장한 어깨와 날씬한 정강이 사이에서
> 육중한 보행자의 구둣발 사이에서 아슬아슬하다

　　― 「지렁이 건널목」 부분

　작품 「나사 조이기」에서 보이듯 헐거워지고 마모되는 나사의 속성을 경전의 문장처럼 빗대어 잘 내면화시켜 내거나 "육중한 보행자의 구둣발 사이에서 아슬아슬"하게 "긴 건널목을 꿈틀꿈틀 기어가는 지렁이"를 사실적으로 드러낸 「지렁이 건널목」또한 시멘트 바닥을 기어가는 지렁이의 만행이자 천축을 향한 오체투지가 빚어낸 아슬한 경전에 다름이 아니다. 이러한 양상은 "순순히 쏟아지는 깨"를 보며 "소박하게 침묵으로 익어" 오면서 수난과 축복을 받은 계절을 통해 "참으로 이룩된 경전"이라고 파악해내는 「깨를 털며」에서도 나타난다. 이외에도 "실직"이라는 일반적인 대상에서 둥치가 잘려나간 가로수 플라타너스를 통해 "발을 빼지 못"하거나 "간격을 조절하기 위한 구조조정"(「실직」)이라는 극단적인 표현으로 "실직"에 대한 상황을 더 부각시켜내기도 한다.

　　　수풀이 무성한 좁은 길 끝 외딴집
　　　뾰족한 대나무 울타리를 치고
　　　깊은 밤까지 칼 가는 소리
　　　풀이나 꽃도 날 세워 피는 곳
　　　그곳에 방문한 사람들은
　　　생채기 몇 개씩 얻어 나오고
　　　마당엔 피자두가 흉흉한 소문처럼 익어가는

그런 숲속 외딴 흉가 몇 채를 거쳐온 것만 같은
욱신욱신 지나온 하루
첩첩 출입문에 들어서는
긴 비번의 숫자 안락하다
— 「귀가」 전문

이선희의 시가 삶의 구조를 헤집으며 몇 번의 변형을 거치고 기제에 대한 반응으로 경전을 넘나들며 도착한 곳은 집이다. 그것도 수풀이 무성한 좁은 길 끝에 있는 외딴집이다. 그에게 집은 "욱신욱신 지나온 하루"이자 "첩첩 출입문이 들어서는/ 긴 비번의 숫자 안락"한 곳이기도 하다. 그러나 그러기 위해서는 "깊은 밤까지 칼 가는 소리"가 있고 "생채기 몇 개씩 얻어" 나와야만 가질 수 있는 집이다. 돌아갈 집이 있다는 것은 행복하고 소속감이 있다는 뜻이다. 이선희에게 "귀가"는 굴곡진 하루의 시간을 마치고 돌아가는 화자 자신의 귀가이자 경전을 짓기 위한 자서의 공간으로의 회귀라 할 수 있겠다. 그에게 자서는 영원히 닫혀있는 것이 아니라 항상 새로운 것을 위해 열어두는 거대한 문이다. 그의 시가 때로는 시의 궤도에서 벗어나더라도 참신하고 생경한 경전을 여전히 새겨내는 그만의 자서가 시로 지속되기를 바란다.

허공만 들이받다
자진해서 부러지던 뿔

언제부턴가 속으로 각을 만들어
자꾸 무너지려는 나를 지탱시키네

시는 나의 뿔 세상에 각을 세우네
— 「시인의 말」 전문

 자서는 시인의 말이고, 시인의 말이 곧 자서가 된다. 시인의
말을 빌려 이선희의 시집에 나타나는 시세계를 가늠할 뿐만 아
니라 그의 시관까지도 엿볼 수 있다. 그래서 자서는 자서에 그치
지 않고 한편의 시로 읽혀지기도 한다. 이선희의 자서는 "세상
에 각을 세우는 뿔"로 등장하지만 "언제부턴가 속으로 각을 만
들어 자꾸 무너지려는 나(시인)를 지탱시키"는 뿔로 담대하게
이끌어낸다. 그러한 담대한 뿔이 비단 자서에만 머무르지 않고,
세상을 향해 각을 세우는 경전 속마저 헤집어내 시의 자서를 펼
치기를 또한 기대한다.

반경환 명시감상

소금의 밑바닥

반경환 철학예술가 · 『애지』 주간

소금의 밑바닥

이선희

소금을 녹이니
바닥에 가라앉은 뻘이 보인다
순백색 소금의 몸에 뻘이 들어있었다니
짜디짠 정신으로
까칠하게 각을 세우고
세상의 간을 맞추던
그 정신의 기둥이 뻘이었을까

뻘을 품고
더 단단한 결정이 되어갔을 소금은
한번도 뻘을 인식하지 못하고 평생을 살았을지 모른다
어쩌면 뻘과의 관계를 조금은 부끄러워했을지도 모른다

밑바닥에 가라앉은 뻘처럼
어느 날 치매 병동에서 본 얌전하고 곱던 할머니
세상의 온갖 욕을 종일 읊조리고 있었는데

내가 녹아버렸을 때
나를 지탱하던 그 무엇의 모습이
문득 궁금하고 두려워지는 것이다

— 이선희 시집, 『소금의 밑바닥』에서

소금은 염화나트륨이며, 인간이 인간의 생명을 유지하는데 반드시 필요한 무기물 중의 하나라고 할 수가 있다. 소금은 위액의 구성성분인 염산을 만들고, 근육과 신경 등의 작용을 조절해 준다. 소금은 인류가 이용해온 조미료 중 가장 오래되었고, 단맛과 신맛을 내는 감미료와 신미료와는 달리 음식의 기본적인 맛을 내는데 대체 불가능한 물질이라고 할 수가 있다. 소금은 식품산업에서는 향미증진제와 방부제 등으로 사용되기도 하고, 화학공업에서는 베이킹소다와 가성소다를 만드는데 사용되기도 한다. 이밖에도 소금은 유리와 가죽과 도자기 등을 만들고 눈과 얼음을 녹이는데 사용되기도 하며, 이러한 소금의 중요성 때문에 상호간의 계약이나 충성을 맹세하는 종교적 의식에 사용되기도 한다. 빛과 소금이 하나의 짝패가 되어 우리 인간들에게 수많은 옛이야기와 그 교훈을 가르쳐 주고 있는 것도 전혀 우연이 아닌 것이다.

이선희 시인은 상징주의자이며, 은유적인 기법을 매우 아름답고 탁월하게 사용하는 시인이라고 할 수가 있다. 기호는 사물을 지시하고, 상징은 인간의 정신을 지시한다. 은유는 할머니(어머니)를 뻘로 표현하는 것처럼 유사성 법칙에 의한 최고급의 수사법이며, 이 은유적인 기법을 통해서 아주 일상적인 것이 낯선 것으로 변용되며, 그 결과, 전인미답의 새로운 세계가 열리기도 한다. "소금을 녹이니/ 바닥에 가라앉은 뻘이" 보이고, 이 순백의 소금에 뻘이 들어 있었다는 것은 이선희 시인의 마비된 의

식에 충격을 가한다. 천일염을 생산하는 염전의 토대가 마사분과 점토가 혼합된 뻘밭이었던 것이고, 따라서 소금의 결정체에는 어느 정도의 불순물(뻘)이 섞여 있을 수밖에 없었던 것이다. 이 자그마한 놀라움과 충격은 "짜디짠 정신으로/ 까칠하게 각을 세우고/ 세상의 간을 맞추던/ 그 정신의 기둥이 뻘이었을까"라는 역사 철학적인 인식으로 발전을 하게 된다. 그렇다. 짜디짠 정신으로 까칠하게 각을 세우고 세상의 간을 맞추던 그 정신의 기둥이 뻘이었던 것이지만, 그러나 우리는 그 사실을 전혀 인식하지 못하고 한평생을 살아왔던 것인지도 모른다. 아니, 사실은, 좀 더 솔직하게 고백한다면, 자기 자신의 부모님과 집안의 형편을 숨긴 채 소위 '성공신화'를 연출해낸 어느 유명 인사처럼 "어쩌면 뻘과의 관계를 조금은 부끄러워"했고, 또, 그것을 숨기고 싶었던 것인지도 모른다

소금에서 뻘을 발견하고 그 충격으로 뻘과 나와의 관계를 밝힌 첫 번째 반전 이후, 제3연과 제4연에서는 두 번째의 반전이 일어난다. 소금과 뻘의 관계가 나와 어머니(할머니)의 관계로 확대되며, 최고급의 인식의 제전이 펼쳐지게 된 것이다. "어느 날 치매 병동에서 본 얌전하고 곱던 할머니"는 "밑바닥에 가라앉은 뻘"이 된 것이고, 그 불순물답게 "세상의 온갖 욕을 종일 읊조리고" 있었던 것이다. 온몸으로, 온몸으로 모진 불볕과 바람을 견디며 지극 정성으로 가르쳤던 아들과 딸들이 버린 어머니, 천하제일의 영양분이 다 빠져나간 불순물의 신세일 수밖에 없는 어머니―. 그렇다, 우리는 모두가 다같이 영양만점의 소금으로 왔다가 더없이 더럽고 추한 불순물(뻘)로 돌아가게 되어 있는

것이다. "내가 녹아버렸을 때/ 나를 지탱하던 그 무엇의 모습"은 더 이상 궁금할 것도 없고, 이미 우리가 태어나기도 이전에 우리들의 운명은 결정되어 있었던 것이다.

이선희 시인의 「소금의 밑바닥」은 소금과 뻘의 관계를 딸과 어머니의 관계로 변주시킨 인간존재론이며, 그의 '상징주의 시학'의 결정체라고 할 수가 있다. 어머니는 소금이 빠져나간 뻘이 되고, 딸은 뻘을 숨긴(품은) 소금이 된다. 어머니는 사용가치와 교환가치를 상실한 뻘이 되고, 딸은 사용가치와 교환가치를 지닌 소금이 된다. 하지만, 그러나 인간과 비인간, 또는 상품과 불량품의 관계는 상호 대립적인 관계가 아니라 근본적인 관계인 것이다. 어머니와 딸도 하나이고, 소금과 불순물도 하나이며, 우리는 모두가 다같이 생물학적으로 한가족이었던 것이다.

우리는 어디에서 와서 어디로 가는가? 뻘밭에서 태어나 뻘밭으로 돌아가는 것이다.

소금은 어머니의 초상(상징)이며, 딸의 초상이고, 우리 모두의 초상인 것이다.

우리는 그 모든 것을 다 주고, 더러는 아들과 딸들을 향해 욕설도 퍼부어대며, 또다시 뻘밭으로 돌아가야 할 존재들이었던 것이다.

이선희 시집

소금의 밑바닥

발　　행 2020년 5월 25일
지 은 이 이선희
펴 낸 이 반송림
편집디자인 김지호
펴 낸 곳 도서출판 지혜 · 계간시전문지 애지
기획위원 반경환 이형권
주　　소 34624 대전광역시 동구 태전로 57, 2층 도서출판 지혜 (삼성동)
전　　화 042-625-1140
팩　　스 042-627-1140
전자우편 ejisarang@hanmail.net
애지카페 cafe.daum.net/ejiliterature

ISBN : 979-11-5728-399-6 03810
값 10,000원

이선희

이선희 시인은 충남 공주에서 출생했고, 2007년『시와 경계』로 등단했으며, 첫
시집『우린 서로 난간이다』(2014년 세종도서 선정)를 출간한 바가 있다.
이선희 시인은 상징주의자이며, 은유적인 기법을 매우 아름답고 탁월하게 사용
하는 시인이라고 할 수가 있다. 이선희 시인의 두 번째 시집인『소금의 밑바닥』
은 각각의 시작품이 만들어낸 시집이 아니라 서로 다른 작품들이 유기적으로 연
결고리를 형성하여 빚어낸 소중한 의식의 결과라 할 수 있다. 또한 시집의 출발
은 자서에서 시작해서 자서로 결말을 짓는다. 그리고 익숙한 것에서 더 익숙한
것으로 변형을 추적하는 단독자의 길을 걸어오면서 이선희만의 시세계를 구축
하고 있음을 감지할 수 있다.

이메일 : shl9989@hanmail.net